Adventure

&

Destiny

모험, 그리고 운명

◆ Written Sally(Sumin) Ahn with Trina Galvez ◆

행복한 에너지

Adventure
&
Destiny

초판 1쇄 발행 2017년 3월 22일

지 은 이   Sally (Sumin) Ahn, Trina Galvez
발 행 인   권선복
편   집   권보송
교   정   천훈민
디 자 인   이세영
마 케 팅   권보송
전 자 책   천훈민
발 행 처   행복한 에너지
출판등록   제315-2011-000035호
주   소   (157-010) 서울특별시 강서구 화곡로 232
전   화   0505-613-6133
팩   스   0303-0799-1560
홈페이지   www.happybook.or.kr
이 메 일   ksbdata@daum.net

값 13,000원

ISBN 979-11-86673-73-7   03810

행복한 에너지는 독자 여러분의 아이디어와 원고 투고를 기다립니다. 책으로 만들기를 원하는 콘텐츠
가 있으신 분은 이메일이나 홈페이지를 통해 간단한 기획서와 기획의도, 연락처 등을 보내주십시오. 행복
에너지의 문은 언제나 활짝 열려 있습니다.

Adventure

&

Destiny

모험, 그리고 운명

◆ Written **Sally(Sumin) Ahn** with **Trina Galvez** ◆

행복한에너지

I WOULD LIKE TO THANK

TEACHER TRINA FOR EDITING, FOR ALL THE ADVISES
AND FOR EVERYTHING THROUGH THIS JOURNEY

FRIENDS AROUND ME WHO GAVE ME IDEAS WHAT TO WRITE

AND FOR EVERYONE ELSE WHO DESIDES TO READ THIS BOOK

AND LAST BUT NOT LEAST,

MY PARENTS FOR MAKING THIS PUBLISHING HAPPEN

Prologue

As a grade 12 student, this is the most exciting school year I've ever had. We gather together as a class more than we ever did. It is turning out to be the most emotional year of my life as well. We have been talking about colleges and courses all year long and it has been challenging for me to decide what course to take up. Ever since grade 4, I have always wanted to be a writer. As I grew older, I started to doubt myself. Am I good enough? What can I get from being a writer? How good I am?

Since I was applying for colleges abroad I had to sit with my parents who helped me decide what I truly would like to do. All these years, I never seriously thought about it. What is this thing that I am really good at? Is it Writing that I truly want to accomplish? Is that all I am talented in? How will it help me through my life? There are thousands of great writers out there and I am only 1 out of the billions of writers in the world! My parents sometimes do say that I am not even at that level yet, but if I listen to them, what will happen to my dream? If I give up Writing, what talent do I have left? And what about all the words that people have said to me in the past, would that all have been a lie just to be nice?

My first book of poetry was a great hit. People liked it a lot, and so did the kids. Sometimes, I would be told, "You're the one that wrote the book, right?" I felt good. It made me happy when people would say they still read my book and still know of it 4 years after it was published. Even my relatives and friends in Korea would randomly talk about it and ask if I was making another book. So this year, I decided to collaborate again with a teacher of mine from Acacia who I've known for almost half of my life. Here, I believe, was to be the answer to my future.

We sat down at lunchtime, working on my poems, at least 3 a day. These were poems I started writing in 2016, though some were poems I had written the year before. We worked every time we had the chance to, in between schoolwork and college applications. I felt truly grateful each time my teacher spent time working with me. I felt that I was going for my dream again, and that it would be my last opportunity to edit a book together with my first main teacher in grade school.

In one of our school field trips this year, I got to meet the director of an independent film we had just seen. The director of the film was present for a Q&A so I asked her what words she would give to those who also aspire to be future directors. She told me to listen, to accept advice and also to follow your dream. This answer got me to thinking once more, what is my dream?

ADVENTURE & DESTINY

In this book, I poured all my emotions: Love, hate, hope,

sadness, fear, and joy. I truly believe all people, even those who are challenged with disorders have the same emotions as we do. When I am confident enough with my writing, my goal someday is to donate my books to an orphanage, a school, even a kindergarden. I feel Poetry is dying and I want people to know the beauty of poetry and how words can be beautifully used. I wish I could share all the many moments and thoughts I had while writing and editing the poems for this book. I want people to feel both sadness and joy at the same time when reading my book. I tried to put all the elements in my poems that would allow the reader to disappear into the words and feelings the poems may elicit in them.

I believe I was once a mermaid and lived in a land that I never knew about before. And now I know it better than my hometown. In a month, after the book is published, I will be away like the bubbles in the waves and the foam in the sea.

So travel with me now. And through my poetry, live the adventure of your soul. With your imagination, take this journey that may lead you to your destiny.

PS: Feedback is most welcome and I would love to hear from you soon. Don't hesitate contacts.

Email : Sallyahn98@gmail.com

프롤로그

나에게 있어 올해 12학년은, 지금까지 학교생활 중 가장 신나는 학년이었습니다. 우리는 이전에 우리가 했던 것보다 더 많은 시간을 함께 보냈습니다. 또한 내 인생에서 가장 감성적인 한 해이기도 했습니다.

우리는 1년 내내 대학과 전공에 대해 이야기하였으나 어떤 전공을 선택해야 할지 결정하는 것은 나에게 어려운 일이었습니다. 사실 나는 초등학교 4학년 때부터 작가가 되고 싶었습니다. 하지만 점점 성장하면서 나 스스로에 대해 의문을 갖기 시작하였습니다. 내가 작가가 되기에 충분한가? 작가가 되기 위해서 무엇을 할 수 있을까? 나는 얼마나 잘할 수 있을까?

해외 대학을 지원하면서 내가 진정으로 하고 싶은 것이 무엇인지를 도움을 주시는 부모님과 함께 의논하고 결정해야 했습니다. 내가 정말 잘하는 것은 무엇일까? 내가 진정으로 성취하고 싶어 하는 것이 글을 쓰는 것일까? 그것이 내가 가진 재능의 전부일까? 내 인생을 어떻게 헤쳐 나갈 수 있을까? 이러한 모든 의문에 대해 나는 결코 진지하게 생각하지 않았었던 것입니다.

"전 세계엔 수많은 훌륭한 작가들이 있지만 그들은 전 세계의 모든 작가들 중 겨우 1%밖에 되지 않아요!"

부모님은 가끔 내가 아직 작가라고 할 정도는 아니라고 이야기 하시곤 합니다. 하지만 만약 내가 그 말을 듣고 넘긴다면 바라고 있는 꿈을 과연 달성할 수 있을까요? 만일 내가 글쓰기를 포기한 다면, 내겐 무슨 재능이 남아 있을까요? 사람들이 나에게 말했던 많은 칭찬들은 단지 좋은 말을 한 것뿐일까요?

내 첫 번째 시집은 대성공이라고 생각을 했습니다. 사람들은 그 시집을 너무나도 좋아했고 아이들도 마찬가지였습니다. 가끔 "네 가 그 책을 쓴 거 맞아?"라는 말을 들을 때면 나는 기분이 좋았습니 다. 또 출판한 지 4년이 지난 후에도 여전히 사람들이 내 책을 읽 고 또 알고 있다는 사실도 나를 행복하게 하였습니다. 한국에 있는

지인들과 친구들도 시집에 대해 수시로 이야기하고 내가 또 다른 시집을 출판할 계획이 있는지를 물어보기도 합니다. 그래서 올해, 제 인생의 거의 절반을 알고 지내온 학교 선생님과 함께 공동으로 글을 쓰기로 결심하였습니다. 이로써 내 미래에 대한 해답을 찾을 수 있을 것이라고 믿었습니다.

우리는 거의 매일 점심시간에 책상에 앉아서 하루에 3편 꼴로 시를 썼습니다. 내가 쓴 시의 대부분은 2016년에 쓰기 시작한 것들인데 몇 년 전부터 써온 것들도 몇 편 있습니다. 우리는 학교 숙제를 하고 대학 입학원서를 작성하는 동안에도 기회가 될 때마다 시를 썼습니다. 나는 선생님이 나와 함께 시를 쓰면서 시간을 보낼 때마다 진심으로 감사한 마음이 들었습니다. 다시 한 번 내 꿈을 꿀 수 있게 된 것입니다. 필리핀에서의 초등학교 첫 번째 담임선생님과 함께 책을 집필할 수 있는 마지막 기회가 될 것 같습니다.

올해 우리 학급 현장학습을 갔을 때, 나는 우리가 현장에서 본 독립영화의 감독을 만났었습니다. 질의응답을 받으러 온 영화감독에게 나는 미래의 감독이 되기를 갈망하는 사람들에게 어떤 말을 해 줄지 물어봤습니다. 감독은 나의 질문을 듣고 나서 충고를 받아들이고 너의 꿈을 따라가라고 말하였습니다. 이 대답은 내가 한 번 더 생각에 빠지도록 만들었습니다.

'내 꿈이 무엇이지?'

『모험, 그리고 운명』

이 책은 저의 모든 감정을 담았습니다. 사랑, 증오, 희망, 슬픔, 두려움, 그리고 즐거움. 나는 모든 사람들이, 심지어 장애를 가지고 있는 사람들조차도 우리와 똑같은 정서와 감정을 가지고 있다고 생각합니다. 내가 글을 쓰는 데 충분한 자신감을 갖게 된다면 언젠가는 고아원, 학교, 심지어 유치원에도 내 책을 기부할 것입니다.

나는 시가 죽어 가고 있다고 생각합니다. 그렇기에 사람들이 시의 아름다움을 알아주고 어떻게 하면 언어를 아름답게 이용할 수 있을지를 알게 되었으면 합니다. 이 책의 시를 쓰고 편집하는 동안의 많은 시간과 생각을 모두와 함께 나눌 수 있었으면 좋겠습니다. 그렇기에 나는 사람들이 나의 책을 읽을 때 슬픔과 기쁨을 동시에 느낄 수 있기를 원합니다. 내 시가 이끌어 낼 수 있는 단어와 감정들을 독자들이 표현할 수 있도록, 나는 모든 요소들을 내 시에 집어넣으려고 노력하였습니다.

나는 한때 인어로서 이전엔 결코 알지 못했던 육지에 살았던 적이 있었다. 그리고 지금 나는 이곳을 내 고향보다 더 잘 알고 있다. 한 달 후, 책이 출판된 이후, 나는 파도의 거품처럼, 바다의 거품과 같이 사라질 것이다.

자, 이제 저와 함께 여행하세요. 제 시를 통해 여러분의 영혼의 모험을 하는 것입니다. 상상력을 통해 여러분의 운명을 이끌 수 있는 이 여행에 참여하세요.

추신: 시에 대한 당신의 의견을 언제나 기다리고 있습니다. 연락을 주저하지 마세요.

E-mail: Sallyahn98@gmail.com

A Message from Teacher

Thoughts and feelings are timeless and universal. They belong to no one. They belong to all of us. Through Poetry, we encounter them as though for the very first time, perhaps with just a hint of recognition. The poet is the humble vessel for these fragile, precious thoughts and feelings. The poet is the glass windowpane through which the sunlight is allowed to shine. The poet is there to tell you to stop for a while and wake from this dreamlike existence because a certain moment and all that it brings is worth your attention. And if a poem works for you, you feel a rush, a sensation that fills your head or grips your heart. A student of mine so aptly described the experience as "little epiphanies!"

Working with Sally again, on this second book of poems allowed me to take a journey with her into her soul, her world of thoughts and feelings, now as a young woman about to go out into the world. We worked on each poem, choosing the most efficient and accurate words, sounds and rhythms to express the message she was trying to impart. This process was invaluable as it brought clarity to her thoughts and intentions. Every now and then I would hold my breath as we unearthed precious jewels in the rubble, our "little epiphanies." These, to me, were sacred.

Through Sally's poetry, we experience the honesty and confidence of a young woman who has dared to be this humble vessel and has the courage to be heard, to be vulnerable and share her deepest feelings, joys, disappointments, fears as well as triumphs. As a poet, there's just no other way but to surrender to this call.

I am not quite sure how Sally developed her love and passion for writing poetry. Was it the precious nature hikes she would take with her father as a young girl up in the hills close to her home in Korea? Was it the exquisite and delicious food her mother would so lovingly prepare for her at meal times? Was it the sacrifice of having to live away from her country for most part of her life to study in the Philippines and adjust to a culture and learn to express herself in a language that was not her own? Was it the friendships she made, the friends that left, the pets she loved and lost or the verses I would write for her every year on her birthday in grade school, which she still keeps locked up in a special box?

Did Sally choose Poetry, or did Poetry choose her? I am still not sure of the answer. What I do know is that she is in love with it. And that is all that matters. I am so blessed with this precious friendship we have shared all these years and privileged to be part of her journey through Poetry.

"For this reason, my dear Sir, the only advice I have is this: To go into yourself and to examine the depths from which your life springs; at its source you will find the answer to the question of whether you have to write. Accept this answer as it is, without seeking to interpret it. Perhaps it will turn out that you are called to be an artist.

Whatever happens, your life will find its own paths from that point on, and that they may be good, productive and far-reaching is something I wish for you more than I can say." (···)

-Rainer Maria Rilke from 'Letters to a Young Poet' -

Teacher Trina

책에 부치는 말

생각과 감정은 세월이 흘러도 변하지 않고 보편적인 것입니다. 그것들은 어떤 것에도 포함되지 않지만 동시에 우리들 모두에게 포함됩니다. 어쩌면 약간은 인식하고 있었을지도 모르겠지만, 우리는 시를 통해 그 점을 처음 알게 됩니다. 그 시인은 이렇게 연약하고 귀중한 생각들과 감정들을 겸비한 선박입니다. 그는 햇빛이 비추는 유리창의 유리를 닦습니다. 그는 잠시 동안 멈춰서 이러한 꿈같은 존재를 깨닫기 위해 그곳에서 기다리고 있습니다. 왜냐하면 바로 그 순간과 그 모든 것이 여러분의 주목을 끌 만한 가치가 있기 때문입니다. 그리고 만약 그가 여러분을 위한 시를 쓰게 된다면, 그 시가 여러분의 머리를 가득 채우거나 가슴을 꽉 쥐고 있는 듯한 느낌을 느끼게 될 것입니다. 나의 제자는 그 경험을 '작은 깨달음!'으로 매우 잘 표현하였습니다.

Sally가 저술한 2번째 시집에서, 나는 그녀의 영혼, 생각과 감정의 세계로 함께 여행을 갈 수 있게 되었습니다. 이제 이 젊은 여성이 세상에 나갈 것입니다. 우리는 그녀가 전하려고 노력하는 메시지를 표현하기 위해 가장 효율적이고 정확한 단어와 소리, 리듬을 선택하여 각각의 시를 썼습니다. 이러한 과정은 그녀의 생각과 의도를 명확히 하였기 때문에 매우 귀중한 것입니다. 이따금 나는 우리가 돌무더기에서 '작은 깨달음', 즉 귀중한 보석을 발굴할 때마다 숨을 골랐습니다. 이것은 나에게 신성한 것이었습니다.

Sally의 시를 통해, 우리는 이렇게 소박한 그릇을 가지고 이야기를 듣는 용기 있는 젊은 여성의 솔직함과 자신감을 경험하고 연약한 감정과 기쁨, 실망, 두려움, 승리뿐만 아니라 그녀의 깊은 감정을 공유할 수 있었습니다. 시인으로서, 이러한 외침에는 굴복할 수밖에 없는 것이었습니다.

나는 Sally가 시에 대한 그녀의 사랑과 열정을 어떻게 개발했는지 명확히 알지는 못합니다. 그녀가 어렸을 때 한국에 있는 집 근처의 언덕에서 아버지와 함께 귀중한 둘레길 하이킹을 하였는지? 그녀의 어머니가 식사 시간에 정성스럽게 준비한 훌륭하게 맛있는 음식이 있었는지? 그녀의 삶의 대부분을 자신의 나라에서 멀리 떨어진 필리핀에서 공부하고, 문화에 적응하고, 잘 모르는 언어로 자신을 표현하기 위해 배우는 과정에서 삶의 희생이 있었는지? 그녀가 이제까지 쌓아 온 우정, 졸업한 친구들, 사랑했지만 잃어버린 애완동물에 대한 추억 등과 내가 초등학교 때 매년 생일에 써 주었던 시들을 아직도 특별 상자에 가둬 두고 있는지? 혹은 Sally가 시를 선택했는지, 아니면 시가 그녀를 선택했는지?

나는 아직도 그 대답을 확실히 알 수는 없습니다. 내가 알고 있는 것은 그녀가 그것을 사랑하고 있다는 것입니다. 그리고 우리가 공유한 이 귀중한 우정의 축복을 내가 받았고, 그녀의 시를 통해 그녀의 여행의 일부가 될 수 있는 특권을 내가 누리고 있다는 것, 그게 전부입니다.

"이런 이유로, 독자 여러분께 말씀드리고자 하는 것은 이것뿐입니다. 여러분 자신과 깊은 곳에서 생명의 원천을 살펴보라는 것이고, 거기서 자신이 글쓰기를 해야 하는지에 대한 물음에 대해 답을 찾으라는 것입니다. 그걸 해석하려 하지 말고 답을 그대로 받아들이라는 것입니다. 그러면 아마도 여러분은 예술가라고 불리게 될 것입니다. 무슨 일이 일어나든지 간에, 독자 여러분의 인생은 그 시점에서 제가 원하는 것을 찾을 수 있습니다. 그리고 그것들은 내가 말할 수 있는 것보다 더 훌륭하고, 생산적이며, 원대할 것입니다." (…)

-Rainer Maria Rilke, '젊은 시인에게 보낸 편지' 중-

Teacher Trina

Index
목차

Chapter 1

Adventure & Destiny

모험, 그리고 운명

I

Can be your wings to fly

The music of air

Your morning wind

Change your path

And be your

Waterfall

Your lazy

Morning

Sit with you

Beside

Then suddenly,

I remember

I am the spirit

That you lost.

난,

당신의 날개가 될 수 있어.

공기의 음악을 가르는

아침 바람은

당신의 진로를 바꾸고

당신의

폭포가 된다.

한가로운

아침이

당신과 함께

앉아 있는데

갑자기

기억이 난다.

나는 네가 잃어버린 영혼이라고.

Cruising in a convertible

Fresh air touching my face

Far away from the city

Hours and hours tick by

Escaping the maze of mess

A little bit more

Freedom

Deep through the gate stands a mansion

In it a fairytale - like room

Field of blue sky above

Behind, I hear the water flow, crystal shine.

People laugh and chat

On the stand I sit

Field of nature bubbles

And glitters fly

Clock stops,

Light fades, moon rises

I stare at the bare pearl like sky

Swirling to a vivid dream

Sipping a cup of tea

A book stands by

Through the glass

And I back in place

From happily ever after

Back to where I see the

City hall

컨버터블을 타고 여행을 하면

내 얼굴을 만지는 신선한 공기

도시에서 멀리 떨어진 곳

몇 시간씩 계속되는 시간 속

매우 복잡한 미로의 탈출

조금 더

자유로운 것

정문을 통하여 문이 열리는 대저택의

동화 같은 방에서 말이야.

푸른 하늘 위의 들판

뒤에서, 나는 물의 흐름, 빛나는 결정체의 소리를 들어.

사람들은 내가 앉아 있는 스탠드에서

웃으며 이야기하지.

자연적인 거품과

반짝이는 하늘

시계는 멈추고,

빛은 어두워지며, 달은 떠오르네.

나는 진주와 같은 하늘을 바라보네.

활기찬 꿈으로서 돌진하고

차 한 잔을 마시며

책은 옆에 놓여 있고

유리잔을 통해서

영원히 행복하게 제자리로 돌아왔네.

시청으로 가는

길을 되짚어 보네.

Adventure & Destiny

Step away

A few steps I think

Am I here?

Or is it just my imagination?

My future?

Thus a shadow passes by?

Will I claim it?

Can I reach for it?

Will your soul connect to mine?

A keen ray of sunlight

Hubris self often we fall

Will there be one chance

That I can greatly hold

Or another infinity that I

Let go?

물러나라

내가 생각하는 몇 발자국

내가 여기 있나요?

아니면 나만의 상상인가?

나의 미래는?

그래서 그림자는 지나갈까?

내가 그것을 요구할 수 있을까?

내가 그것을 잡을 수 있을까?

그대의 영혼이 나와 이어질까?

강렬한 햇빛

우리 스스로 넘어지게 하는 자만심

한 번 기회가 있을까?

내가 장담할 수 있는 것이거나

내가 가진

또 다른 무한대의 것.

놔 줄까?

Majestic velvet chair

For he who is heir

Music ensuring the dare

Thus, a man standing there

Dancing with sword and shield

On a running field

To sacrifice for the goal

Like stepping on burning coal

My lord of flames

Attempt a fair game

반드시 음악을 연주해야 하는

후계자를 위한

등받이가 높은 벨벳 의자

그래서, 거기에 서 있는 남자

육상경기장에서

검과 방패로 춤을 추는 것

목표를 위해 희생하는 것

타는 듯한 석탄을 밟는 것처럼

불의 신이시여,

공정한 시합을 시도하소서.

Being who you are

Being free not having to fake

Nor lie

I just love you for who you are

They may hate you for who you are

They may hate you, who cares?

Why would you try so hard

For someone while you can be you?

Forget about fear

Forget about protection

I love you for who you are

For being wild and free

Tell your story

Long or short as you like

I love you for who you are

Knowing what you do is right

Or wrong

너 자신처럼 행동하는 것

거짓 없이 자유롭게 행동하는 것

거짓말을 하지 않는 것

나는 단지 너이기 때문에 사랑해.

그들은 너이기 때문에 미워할지도 몰라.

그들은 널 증오할지도 몰라,

하지만 그걸 누가 관심을 가져?

넌 왜 그렇게 열심히 노력해?

네가 누군가가 될 수 있는 동안

누구를 위해, 네가 자신이 될 수 있을 때

두려움을 잊어,

보호도 잊어,

나는 너이기 때문에 사랑해.

무모하고 자유롭게

너의 이야기를 들려줘.

길든 짧든 네가 원하는 만큼

나는 네가 너이기 때문에 사랑하는 것이니

네가 하는 일을 알면 좋거나

또는

나쁘거나

Lie down

Feel the winds cross by

Close your eyes

Fall into the

Deepest sky

Do you feel the spin on the ground?

Raise your hand and reach

For the moon and stars

Feel the galaxy

That rotates your heart.

드러누워서

지나가는 바람을 느껴 봐.

눈을 감고서

가장 깊은 하늘로 떨어져 봐.

땅이 돌아가는 것이 느껴지니?

손을 들고 뻗어 봐.

달과 별을 향해

은하를 느껴 봐.

그것이 너의 마음이 돌아가도록 하지.

Adventure & Destiny

43

Spring

Green

Bloom

Flower float on sunshine

Sun glaze blind your eye

The heat that burns you high

Each day is a step to make things happen

The way you want

To be

봄기운이

완연해지네.

햇빛은 꽃을 피우네.

태양의 빛은 너의 눈을 찡그리게 하고

열기는 너의 몸을 태울 듯하며

매일 어떤 일이 일어나게 하는 발걸음이다.

네가 원하는 방법으로

이루어지길.

Sakura!

Beautiful, glorious

Strong so rare

Its beauty shines on

Hot April sun

A girl under the tree

Sipping her tea

The wind whistles

Girl smiles

"Oh,

Sakura petal

In my tiny teacup"

벚꽃!

아름답고, 영광스럽고

아주 희귀한

그 아름다움은

뜨거운 4월의 태양과 같이

빛이 난다.

나무 아래에 있는 소녀,

그녀가 차를 홀짝거리는 동안

바람은 휘파람 소리를 낸다.

소녀는 웃으며

"어!!

작은 찻잔 속에

벚꽃 잎사귀가 있네."

Maze of water

On an endless journey

Time does not matter

Flow with gentle waves

On vermillion water

Float calmly

Of swans

Mystery full

Of

Serenity

물의 미로는
끝이 없는 여행
시간은 문제가 아니야.

태양빛 물든
잔잔히 흐르는 물결
고요히 움직이는
백조

고요함으로
가득한
미스터리

Capture your moment

Set your gaze on a narrow path

Stand on a bridge

Balance your will

Hear the sounds

Catch a glimpse of a petal

Falling gently

Strive to catch it

Yet refuse to fall

Maintain your balance

너의 순간을 포착해 봐.

너의 시선을 좁은 길로 돌리고,

다리 위에 서서

너의 의지로 중심을 잡아.

소리를 들어 봐.

서서히 떨어지는 꽃잎을

순간 쳐다봐.

그것을 잡으려고 필사적으로 해 봐.

떨어지지 않도록 해.

중심을 잡아.

Does it make sense?

To hold your hand

Run on a field

Vast area of land

Just you and I

On a silent night

Whisper of birds

Music you give

Roll on the grass

Talk face to face

Basket of plates

Drink in a glass

Bite the ice

And let

The light

Melt it

Down

그게 이해가 되니?

당신의 손을 잡기 위해

들판에서 뛰는 것.

그 광활한 땅 위에

그저

당신과 나.

고요한 밤에

새들의 속삭임

당신이 준 음악

잔디 위에서의 구름

얼굴을 마주보는 대화

접시 위에 있는 바구니

컵 안에 있는 음료

얼음 한 모금

그리고

불빛으로

그것을 녹여 버리게 하자.

I leave

Flying high

Still missing you dearly

My heart

Beats with anticipation

Can't wait

The plane lands

I can hear your voice

So dear

Your arms open

I run

To your heart

멀리 날아

난

아직도 널

몹시

그리워하고 있어.

내 가슴은

두근거리며

기다릴 수 없어.

비행기가 착륙하네.

나는 너의 목소리를 들을 수 있어.

사랑스런

네 두 팔이 열리면

나는 당신의

심장으로 뛰어든다.

Pain that may never go away

Inside

The garden

Full of light and scent

Deep into the ground.

Grows a hedge of flowers

I will join you there

결코 사라지지 않는 고통

빛과 향기가

가득한 정원 안에서

땅속 깊숙이

박혀 있네.

꽃들의 울타리는 늘어나고

나는 그곳에서

너를 만나게 될 거야.

Puzzled self

A blank space

Confused

Yet horrified

A broken piece

Mystery unsolved

I fall

Puzzle shatters

Like glitters

내 인생의 퍼즐

혼란스러운

빈 공간

맞추지 못한 조각들

미스터리한 문제가 되어

나를 두렵게 하네.

마치 반짝이는 빛처럼

퍼즐 조각이 흩어지도록

던져 버리네.

Adventure & Destiny

I am trapped

Inside a cold, icy room

All hope gone

Frozen and numb

I struggle

As I feel a force

Press down

On me

Shall I one day

Be free

나는 덫에 걸렸어.

차가운, 얼음 방 안에서

모든 희망은 얼어붙고

무감각해지고 있어.

나는 몸부림친다.

내가 보기에

내가 압박감을 느낄 때마다

언제쯤 내가

자유로워질 수 있을까.

Memory of time

Filled in one frame

Missing the moment

When will I see you again?

One day

At a train station

I see you

Waving

I wave back

But oops!

Wrong person

추억의 시간,

하나의 틀 안에서 충전된

보고 싶은 순간.

언제 널 다시 만날 수 있을까?

어느 날

기차역에서

네가 손을 흔드는 것을 봐.

나도 반기며 손을 흔들지.

오~ 이런!

모르는 사람이네.

Stars to infinity

Endless universe

A million questions

To be answered

What can be solved?

In the light of sun

Planets revolve

Mystery of the universe

Where am I?

수없이 많은 별
끝없는 우주
수많은 문제들
답을 찾기 위해
무엇을 해결할 수 있을까?

태양의 빛 속에서
행성의 공전
우주의 신비
나는 어디에 있는 걸까?

Adventure & Destiny

Rainbow on a leaf

Roll down and touches ground

Clash of lightning

By the edge of sky

Children scatter, scared

Clouds pregnant with teardrops

Drip···drip···drop

Then a sudden

Down pour

Sun brake through cloud

Rainbow

Above my head

나뭇잎 위에 무지개는

내려와서 땅과 맞닿고

하늘의 끝자락에서

번개의 충돌로

아이들은 흩어지고 무서워하네.

눈물방울들로 잔뜩 낀 구름

뚝…뚝…뚝

그러다가 갑자기

마구 쏟아지네.

구름 사이로 비추는 햇빛,

내 머리 위의

무지개

Box of joy with laughter

Gloomy fog by a window

Yet we cuddle all together

House of cards

A rolled dice

Window of heart beat

But wait

Do I smell food?

웃음의 기쁨상자

창문에 낀 우울한 안개

그러나 우리는 모두 함께 포옹을 해.

카드 집

주사위 굴리기

심장 박동의 울림

하지만 잠깐,

음식 냄새가 나니?

Adventure & Destiny

Clock strikes at midnight

Ladies in laughter

Men in suit

Music travels

Time stops

Momentum⋯

String of viola

Key of piano

Golden cup beside

With stacked cupcakes

And brownies

Scent of sweetness

Happiness and joy

Sadness forgotten

Buried deep down

Silver shining stars

Just like

Your

Glittering

Eyes

한밤중에 울리는 시계

웃고 있는 여자들

정장을 입은 남자들

음악 여행

시간 정지

탄력…

비올라의 현

피아노의 건반

옆에 있는 금빛 컵

쌓여있는 컵케이크와 함께

그리고 초콜릿케이크

단맛의 전송

행복과 기쁨

깊숙이 묻힌

잊어버린 슬픔

은빛 같은 별들

마치 반짝반짝 빛나는 너의 눈처럼.

Why are you so fragile, so dear

Shattered by my touch

Yet whole and complete again

Once I step back

Will there be a chance to hold you

What is this key

To let me in

Can't I just have

A tiny peep

너무나도 소중한 넌, 왜 그렇게 연약하니?

내 손길에 의해 산산조각이 난

그러나 아직은 완전하고 온전한 너

일단 뒤로 물러나면

널 잡을 기회가 있을 거야!

이 열쇠는 무엇일까.

나를 들여보내 줘.

가만히 가지고 있지 말고

아주 조금 살짝 볼 수 있도록

Small, ignored

Do they know?

Tiny but strong

Have they felt

That sense of home

Like a warm embrace

Slightly bitter sweet

Taste as light as feather

Little by little

It cools down

Then··· magic

Just another cup

Of

Espresso

작고 무시당하는 존재.

그들은 알고 있을까?

작지만 강하단 걸

그들이 느꼈던

그런 의미의 집

따뜻하게 포옹하듯

약간 쓰고 달콤한

깃털처럼 가벼운 맛

조금씩 조금씩

식어 버린다.

그렇다면…

커피 한 잔만 마셔.

마법 같은

에스프레소.

Floating⋯

Red, blue, yellow

Bubbles trapped in a lab

Popping away

A flame burns

Still trapped

Searching

For

A

Way

Out

떠 있는…
빨강, 파랑, 노랑
실험실에 갇힌 물거품

펑 하고 터지며
불꽃이 타오르고
여전히
올가미에서
벗어나기
위한
출구
찾기

A teenage feeling

What are the truths?

Behind all the runes,

Books and poetry

Games or dates

One wrong move

And you're on a

Wretched path

By your very will

Obduracy!

10대의 감정,

진실은 무엇일까?

모든 것을 다 해본 뒤에,

책과 시

게임이나 데이트

한 번의 잘못된 행동

그리고 너는

너의 의지로

비참한 갈림길 위를 걷고 있구나!

Adventure & Destiny

I feel an élan

Blocked by a wall

No wind to push

No gravity to pull

Is there a way

To remove

The wall

No wind to push

No gravity to pull

Is there a way

To remove

The wall

Or is it

I

To

Choose?

나는 순간 흥분이 돼.

하지만 벽에 막힌 것 같아.

바람으로 밀리지도 않고

중력으로 끌어당겨지지도 않아.

벽을 없앨 수 있는

방법이 있을까.

바람으로 밀리지도 않고

중력으로 끌어당겨지지도 않아.

벽을 없앨 수 있는

방법이 있을까.

아니면

내가

그것을

할 수 있을까?

Does he know

My past,

My feelings?

Does he even care what I do?

Will he ever tell me the truth?

Hidden in the dark

His voice, softly, calling

His actions and all

Mystery to me

What is the truth behind him?

Give me a chance

Where are you now?

그는 알고 있을까?

나의 과거와

내 감정을.

그는 내가 하는 일에 관심이 있을까?

그는 나에게 진실을 말해 줄 수 있을까?

어둠 속에 숨겨진 그의 목소리

그의 행동과 모든 미스터리를

나에게 조용한 목소리로 말을 하네.

그의 뒤에 숨겨진 진실은 무엇인지?

나에게 기회를 줘 봐.

너는 지금 어디에 있니?

Does it exist?

Good or evil

Do you believe?

Love and hate

Do you trust?

Luck and death

Or is it

Just

My imagination

And

Dream

그것이 존재할까?

선과 악

너는 믿는지?

사랑과 증오

너는 믿어?

행운과 죽음

아니면

단지

나의 상상력과

꿈인지.

Spin around your mind and heart.

Scan through your thoughts and feelings.

Find a way through your maze!

Don't jail yourself

Find a key and fly

Open your wings

Be free!

Ignore the sins

Continue on your path

To reach out

And

Believe

너의 정신과 마음을 돌아봐.

생각과 감정을 통해 너를 스캔해 봐.

너 자신의 미로를 통해 길을 찾아!

스스로 감옥에 가두지 마.

열쇠를 찾아서 날아라.

네 날개를 펼쳐라.

자유롭게!

잘못을 무시해라.

너의 길을 계속해서 가라.

도달할 수 있다는 믿음을 가지고

Will you understand?

Things come and go

Needles

Perce the heart

Tears of blood

Fill a glass

Waiting to be

Poured

Away

넌 이해하겠니?

모든 것은 오고 간다는 것을

마음에 상처를 입히는

바늘들

붉은 눈물로

가득 찬 유리컵이

비워지기를

기다리며

I stare out the window

Rays of sunlight persist

Behind dark heavy clouds

Birds refuge safely in their dwellings

I see children running in the rain

Was away my worries

Fill my cup with tea once more

With music, I will sing

Again

나는 창밖을 바라봅니다.

햇살은 짙고 무겁게 드리운

구름 뒤에서 비추어 나옵니다.

새들은 그들의 보금자리에서

안전하게 피해 있습니다.

나는 아무 걱정거리 없이

빗속을 뛰고 있는

아이들을 봅니다.

음악과 더불어

찻잔에 차를 가득 채우고

다시 노래를 부를 것입니다.

Deep in the woods

By an icy pond sits

Tranquility

Bell rings

A little

Secret

Shed

Magical!

Who knows

What's in there?

숲 속 깊은 곳에서

얼어버린 연못에

평온하게 앉아 있다.

벨소리

작은 비밀 은신처

마법 같은 곳!

누가 알까

그곳에 무엇이 있는지?

Is it that I see

Or

Am I free?

Are we in this world?

A reflection of all matter

Trapped in an invisible

Triangle?

Will we find the key

In our hearts

To set us free?

내가 볼 수 있을까

아니면

내가 자유로울 수 있을까?

우리가 이 세상에 있을까?

모든 물체의 모습이

보이지 않는

만화경에 갇혀 있나?

우리 마음을 자유롭게 할

열쇠를 찾을 수 있을까?

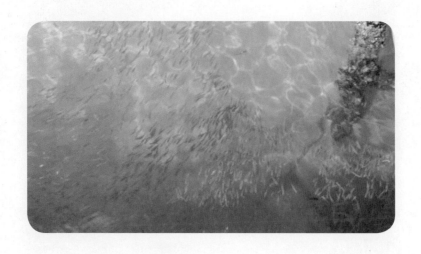

Adventure & Destiny

33 •

You and I alone

Silence caught in a web

Like a trapped butterfly

Nervous

Drums play in my head

Lost in a labyrinth

Shall I escape

Or stay

너와 나만

침묵의 그물에 걸렸어요.

갇혀있는 나비처럼.

내 머리 속에서

드럼을 긴장되게 연주해요.

미로에서 길을 잃으면

벗어날 수 있을지

아니면 못 벗어날지

Lost in the world

Seeking for answers

Frozen vision

As if dead

Scars so deep

Pain yet comfort

Spirit gone

Waiting

To

Return

세상에서 길을 잃어

꽁꽁 얼어버린 눈으로

해답을 찾기 위해 헤매다가

마치 죽은 것처럼

흉터가 너무 깊어서

고통스럽지만

영혼이

돌아오기를

기다리고

있어요.

Adventure & Destiny

Stars to infinity

On a moonless night

Shine nearly alike

Yet each one unique

In this

One world

We are

The

Stars

어느 달빛 없는 밤

무수히 많은 별들은

거의 비슷비슷하게 빛나지만

그럼에도 하나하나가 특별하네.

이 하나의 세상 속에

우리가 바로 그 별들.

What have I done?

I made the waves stop

The pain too deep

As though nailed to a cross

As though stabbed by a knife

Wrenching my heart

Will I ever return?

To where the

Waves

Dance?

내가 무슨 짓을 한 거지?

파도를 멈추게 했네.

고통이 너무 깊어.

마치 십자가에 못 박힌 것처럼

마치 칼로 상처를 입은 것처럼

내 마음에 린치를 가하고

내가 돌아올까?

파도가 춤추는

곳으로?

Why must I live

Is it worth it?

Who cares?

About the

Rules in the world

When we all do it?

And why?

Are you perfect?

Can you do it all?

Leave me alone!

If you will just be a bother

Give me space

I'm breaking down the wall

내가 왜 살아야 하지?

그만한 가치가 있나요?

알 게 뭐야?

세계의 규칙에 대하여

그것을 우리 모두가 할 때인가?

그리고 왜?

넌 완벽해?

그걸 전부 다 할 수 있어?

날 내버려둬!

만일 내가 너에게 귀찮게 된다면

나에게 공간을 줘.

벽을 허물 수 있도록.

Strawberry cream

Maple cookie

Layered with love

A little smile

Whisperings secret and giggles

Simple treasures

Shared in

A

Garden

딸기 크림

메이플 쿠키

사랑에 싸여 있는

작은 미소

속삭이는 듯한 비밀과

낄낄거리는 웃음

정원에서 함께 나누는

소박한 보물들

A torrent of rain

As if to wash away

The dying sounds

Of pain

Dead bodies

Everywhere

What happened

To the world

That I

Used

To

Know?

마치

죽어가는 듯한

고통의

소리를

씻어 내는 것 같이

억수같이 쏟아지는 비

세상에

내가 알고 있던 세상이

무슨 일이 일어났는가?

A promise

Small red buds

Clinging

To a cracked shaky wall

Hidden by fog

Roses

Waiting to bloom

약속

작고 붉은 꽃봉오리

깨진 벽에 달라붙은

안개에 가려있는

장미

피는 걸 기다리네.

Alone in the room

Silence and I

Thinking wide

Looking outside

Words flow in my mind

Candle burning

The ink drops

I write

Thinking about you

나는

조용한 방에 홀로 앉아있고

촛불이 타는 것처럼

내 마음속에서 흘러나오는 단어들로

밖을 내다보며

매우 다양한 생각을 하고 있습니다.

Chapter 2

Life is an open door

삶이란 열린 문

01 . . . .

I do not want you

Crying in front of me

I don't hate you

I still love you

You just misunderstood by

My foolish actions

난 네가 내 앞에서

우는 걸 원하지 않아.

난 널 미워하지 않아.

난 아직 널 사랑해.

넌 방금

나의 어리석은 행동으로

오해한 거야.

Life is an open door

I met this lonely boy once

His cold blue eyes made me

Fall in love

By the time he left

He kissed me on the forehead

He said

I love you

I started to cry

Over and over again,

And he said,

"Don't cry, to love something in your life

You must know how to let it go"

나는 이 외로운 소년을 한번 만났지.

그의 차가운 푸른 눈이 나를 만들었어.

사랑에 빠지네.

그가 떠날 무렵에

그는 나의 이마에 키스를 했지.

그는 말했지.

사랑해.

나는 울기 시작했지.

반복해서.

그리고 그는 말했어.

"울지 마, 인생에서 무언가를 사랑한다는 건

그것을 어떻게 떠나보내야 하는지도 알아야 한다는 것이야."

Stars up in the sky

I see them in the evening

But I don't see them in the morning

And I miss you

How much I miss the stars

하늘에 떠 있는 별들

나는 그들을 저녁에 봐.

그렇지만 나는 아침에 그들을 보지 못해.

그리고 네가 그리워.

별들만큼 보고 싶어!

Life is an open door

Am I free?

No I don't think so

No, not yet

I wish I were

But I can't feel my freedom

Not until I'm out of this world

내가 자유로운가?

아니, 그렇지 않아.

아니, 아직

나는 내가 그러면 좋겠어.

하지만 나는 내 자유를 느낄 수 없어.

내가 이 세상을 떠날 때까지는

Life is an open door

I flip the page

What can the next story be?

I close my eyes

What will happen next?

It's just a mystery

And I hate to wait

나는 페이지를 뒤집어 엎었지.

다음 이야기는 무엇일까?

나는 눈을 감는다.

다음에 어떤 일이 일어날 것인가?

그것은 단지 미스터리일 뿐

그리고 나는 기다리는 것을 싫어해.

Life is an open door

06

I am who I am

I may be different

But it doesn't matter

Because I am Who I am

나는 나

나는 다른 사람과 달라.

하지만 그건 중요하지 않아.

나는 나이기 때문에

Life is an open door

You are beautiful

Gorgeous

Like a queen

But the way

You act

is like a

Rotten

Egg

왕비처럼

아름다운

그대여

하지만 네가

행동하는 방식은

상한

계란 같네.

Melody box

The music that is

In the box is lovely

As much as I love the music box

Love you

멜로디 상자

박스 안에 있는

음악은 사랑스러워.

내가 음악 상자를

좋아하는 만큼

사랑해.

Life is an open door

133

Sour, bitter, sweet,

Salty, spicy or tasteless

What flavor are you among these?

People say you are bitter

But I see you as

The sweetest person I have ever met

신맛, 쓴맛, 단맛

짠맛, 매운맛, 맹맹한 맛

당신은 어떤 맛입니까?

사람들은 당신이 쓰다고 말합니다.

하지만 당신은 내가 지금까지 만난 사람 중에서

가장 달콤한 사람인 것 같습니다.

My life is like a book

My true friends are

Like the key to my heart

I tell my friends my stories

And my secrets

But only to the ones who have the key

Will I ever return?

To where the

Waves

Dance?

내 인생은 책과 같아.

내 진정한 친구들은

내 마음의 열쇠 같아.

나는 내 친구들에게

내 이야기와 비밀을 말해 줘.

하지만 열쇠를 가지고 있는 이들에게만

내가 무슨 짓을 한 거지?

파도를 멈추게 했네.

고통이 너무 길어.

마치 십자가에 못 박힌 것처럼

마치 칼로 상처를 입은 것처럼

마음에 린치를 가하고

내가 돌아올까?

파도가 춤추는

곳으로?

Life is an open door

On the smooth warm sand

My fingers caress the fine grains

Thinking and writing the names,

It was well written

Until the wind blew it away

Just like the white lilies

All over the lake

Just like the feathers of swans flown away

Just like missing someone that I always loved

What I wish is to go back in time

부드럽고 따뜻한 모래 위에

내 손가락은 미세한 결을 내고 있네.

이름을 생각하고 글을 쓰는 것

바람이 불어 올 때까지

그것은 잘 써졌네.

하얀 백합처럼

호수 전체에

날갯짓하는 백조의 깃털처럼

내가 항상 사랑했던 누군가를 놓친 것처럼

내가 원하는 것은 시간을 되돌리는 것이다.

In the pool

Take a deep breath

Relax, do not regret

Do not hesitate

Just breathe out

Just be yourself

And relax

수영장에서

숨을 깊게 들이마셔요.

진정하세요, 후회하지 마세요.

주저하지 마십시오.

그냥 숨 쉬세요.

침착하세요.

그리고 쉬세요.

Life is an open door

A tiger sat in a cage

His small black eyes

Were like a mirror

He sniffed

He roared

And cried

"Please let me go"

He needed to run

I tried to open his cage

But I could not unlock

My heart

I was not brave enough

to set him free

호랑이 한 마리가 우리 안에 갇혀있네.

거울같이

작고 검은 눈

코를 킁킁거리고 있네.

으르렁거리며

울었네.

"제발 보내 주세요."

그는 뛰어야만 했어.

나는 그 우리를 열려고 했지만

우리를 열지 못했어.

내 심장은,

그를 자유롭게 놓아주기에는

너무나도 용감하지 못했어.

Stop!

Or I won't be able to start

Do it but don't stop me from starting

Stay away from me

But please

Don't stop loving me⋯.

이제 그만!

그만두지 않으면 시작할 수도 없지

하지만 내가 시작하는 것을 막지 마.

저리 가!

하지만 날 사랑하는 건

멈추지 마….

Life is an open door

Chapter 3

For Sally on her birthday

- From Trina Galvez teacher -

샐리의 생일을 맞이하여

There is fire in my heart

And laughter in my soul.

I eagerly learn

And observe the world as a whole.

The people that I meet

They light up my mind

They are friends that are Good

And True and Kind.

There is a spark of the invisible

In all that I see

And within all creation

Lives a part of you and me.

01 열 살에 • • • • • • • • • • • • • • • •

내 마음속에 열정이 있고
내 영혼 속에 행복이 있다.
나는 온 세상을 헤쳐 나가기 위해
열심히 배우고 관찰한다.

내가 만나는 사람들은
내 마음을 밝혀 준다.
그 친구들은 좋은 친구들이고
진실된 친구, 친절한 친구들도 있다.

내가 보는 모든 것들 중에서
보이지 않는 것들이 있고
내가 살고 있는 모든 생명체들이
너와 나의 일부분이다.

For Sally on her birthday

With the heart of a lion

That is brave and strong

I clearly distinguish

What is right from wrong.

I choose to defend

What is good and true.

I am never swayed

By what others may do.

Yet I can be gentle as a lamb

For I am free.

It is I who decide

What I want to be.

02 열한 살에 • • • • • • • • • • • • • • • •

사자의 심장이
용감하고 강하다면
나는 분명히 옳은 것이
무엇인지 구별할 것이다.

나는 선하고 진실한 것이 무엇인지
결정할 수 있을 것이다.
다른 사람들이 하는 말에 의해
결코 휘둘리지는 않을 것이다.

그렇지만
나는 한가로운 때에는
순한 양처럼 될 수 있고,
내가 무엇이 되고 싶은지를
결정할 수 있다.

For Sally on her birthday

The heart that beats within me

Is gentle, kind and true.

And with my heart

I feel your joy, your pain

And struggles, too.

For it's only with the heart

That one can rightly see

The beauty deep in every soul

Like treasures in the sea.

And it is with my heart

That I choose to see the world,

My tender heart that sees in you

A precious, shining pearl.

03 열두살에 • • • • • • • • • • • • • • • • •

내 마음 속에서 뛰는 심장은
부드럽고, 친절하며, 진실해.
그리고 나의 심장은
너의 기쁨과 고통
그리고 몸부림을 함께 느껴.

그것은 마치 바닷속의 보물처럼
모든 영혼의 아름다움을
깊이 간직할 수 있다는
것이야!

그리고 그것은 세상을 보기 위해
내 마음이 선택한 것이고,
내 마음 깊은 곳에서 너를 볼 수 있어!
소중하고 빛나는 진주처럼.

For Sally on her birthday

The journey of water from sea to land

Proves there exists a mighty hand

That takes the water up to the sky.

So yes, the water for a moment can fly.

With thunder and lightning, it comes crashing back down,

Or sometimes very gently with hardly a sound.

And wherever it goes it may comfort and heal.

It can even give strength to move lumber and steel.

To take such a journey, we must conquer our fears.

Transformation requires that we first disappear.

Then seeking our level, we are brought to the place

Where we are most needed as a sign of God's grace.

바다에서 육지까지 물의 여행은
강력한 손길이 존재한다는 것을 의미한다.

그것은 하늘까지 물을 끌어올린다.
그래서, 잠시 물을 날아오르게 할 수 있다.

천둥 번개가 칠 때,
부서져 버리기 쉽고,
가끔은 아주 부드럽게 소리를 낸다.

그리고 어디로 가든 위로와 치유가 가능하다.
심지어 목재와 철을 움직일 수 있는 힘까지도 가질 수 있다.

그러한 여행을 하기 위해서는 두려움을 극복해야 한다.
변화는 먼저 두려움이 사라지기를 기대한다.

그리하여 우리 위치를 찾았고,
신의 은총으로 우리가 가장 필요로 하는 곳에서 자리를 잡는다.

For Sally on her birthday

At Fourteen · · · · · · · · · · · · · · · · · · ·

A magical moment

Frozen in time

In a beautiful painting

Or a clever rhyme

Eternal wisdom

Expressed in words

In a poem or story

Or a song to be heard

Our life is a journey

As we strive to grow.

We change and discover

As we reap and we sow

Yet these moments we capture

Can serve as a goal,

A trail for the weary

And food for his soul.

05 열네 살에 • • • • • • • • • • • • • • • • • •

제시간에 얼어버린
마법의 순간
아름다운 그림 속에서나
멋진 라임으로

시나 이야기 속에서
언어로 표현되는 영원한 지혜
또는 들려오는 노래

우리의 인생은 성장하기 위해
노력하는 여행이다.
씨를 뿌리고 수확함으로써
우리는 변화하고 존재를 발견하게 된다.

그러나 이러한 순간들은 우리가
지칠 줄 모르는 오솔길이나
그의 영혼을 위한 음식과 같은
목표로 삼을 수 있을 것이다.

For Sally on her birthday

내면의 탐색과 언어의 도야를 통해
아름다운 시를 내보이는 젊은 시인의 앞길에
응원과 찬사를 보냅니다!

권선복
도서출판 행복에너지 대표이사
한국정책학회 운영이사

"청춘은 그 자체가 하나의 빛"이라고 독일의 대문호 괴테는 이
야기한 적이 있습니다. 또한 러시아의 대문호 고골 역시 "청춘은
미래가 있다는 것만으로도 충분히 행복한 시기다."라고 설파한 바
있습니다. 이렇게 세계의 많은 명인들과 문호들이 청춘을 예찬한
것에서도 알 수 있듯이, 젊음은 우리의 인생에서 가장 짧으면서도
가장 빛나는 시기입니다. 하지만 그렇기에 인생의 어느 때보다도
수많은 고민을 하고 자기 자신의 존재에 대해서 궁금해하며 정해
지지 않은 미래를 불안해하는 시기이기도 합니다.

그리고 지금 여기에 자신이 나아갈 길을 끊임없이 고민하고 사색하며 그 과정에서 얻어낸 소중한 영혼의 성찰을 한 권의 시집으로 엮어낸 젊은 시인이 있습니다. 초등학교 4학년 때부터 작가의 꿈을 키워왔다는 저자는 필리핀의 Acacia Waldorf school에서 학업에 정진하는 틈틈이 자신의 내면과 꾸준한 대화를 나누며 꿈을 갈고 닦았습니다.

ADVENTURE & DESTINY, 즉 '모험과 운명'을 주제로 한 이 시집에서는 '모험'이라는 주제에 걸맞게 때론 동화적이고 환상적이지만 때론 의문과 두려움, 불안으로 가득 찬 공간이 계속 전개됩니다. 그 안에서 자신의 '운명'에 대한 한 젊은이의 고민과 성찰, 자신감과 포부를 아름다운 언어로 느낄 수 있는 것은 이 시들의 큰 매력입니다. 또한 이 책의 공저자이자 저자의 스승이기도 한 Trina 선생님의 시들이 함께 어울려 젊고 신선한 시상(詩想)과 완숙한 시상이 하모니를 이루는 것도 즐거운 경험이 될 것입니다.

깊은 영혼의 외침에 귀 기울여 아름다운 시를 창조하는 젊은 시인의 앞길에 응원과 찬사를 보내며 끊임없는 창조의 영감이 팡팡팡 샘솟아 오르길 기원합니다.

Happy Energy books

좋은 **원고**나 **출판 기획**이 있으신 분은 언제든지 **행복에너지**의 문을 두드려 주시기 바랍니다.
ksbdata@hanmail.net   www.happybook.or.kr   단체구입문의 ☎010-3267-6277   도서출판 행복에

하루 5분 나를 바꾸는 긍정훈련

행복에너지

권선복

도서출판 행복에너지 대표
대통령직속 지역발전위원회
문화복지 전문위원
새마을문고 서울시 강서구 회
한국정책학회 운영이사
영상고등학교 운영위원장
아주대학교 공공정책대학원 졸
충남 논산 출생

'긍정훈련' 당신의 삶을 행복으로 인도할
최고의, 최후의 '멘토'

'행복에너지 권선복 대표이사'가 전하는
행복과 긍정의 에너지, 그 삶의 이야기!

국민 한 사람, 한 사람이 모여 큰 뜻을 이루고 그 뜻에 걸맞은 지혜로운 대한민국이 되기 위한 긍정의 위력을 이 책에서 보았습니다. 이 책의 출간이 부디 사회 곳곳 '긍정하는 사람들'을 이끌고 나아가 국민 전체의 앞날에 길잡이가 되어주길 기원합니다.

** **이원종** 前 대통령 비서실장/서울시장/충북도지사

권선복 지음 | 15,0

'하루 5분 나를 바꾸는 긍정훈련'이라는 부제에서 알 수 있듯 이 책은 귀감이 되는 사례를 전파하여 개인에게만 머무르지 않는, 사회 전체의 시각에 입각한 '새로운 생활에의 초대'입니다. 독자 여러분께서는 긍정으로 무장되어 가는 자신을 발견할 수 있을 것입니다.

** **조영탁** 휴넷 대표이사

**"좋은 책을
만들어드립니다"**

저자의 의도 최대한 반영!
전문 인력의 축적된 노하우를 통한 제작!
다양한 마케팅 및 광고 지원!

최초 기획부터 출간에 이르기까지, 보도자료 배포부터 판매 유통까지! 확실히 책임져 드리고 있습니다. 좋은 원고나 기획이 있으신 분, 블로그나 카페에 좋은 글이 있는 분들은 언제든지 도서출판 행복에너지의 문을 두드려 주십시오! 좋은 책을 만들어 드리겠습니다.

│출간도서종류│
시·수필·소설·자기계발·일
인문교양서·평전·칼럼·여행
회고록·교본

도서출판 **행복에너지**
www.happybook.or.kr
☎010-3267-6277
e-mail. ksbdata@daum.net